U0067884

不能愛的愛人

黃萱萱、鄭湯尼 合著

天空數位圖書出版

目錄

鹹粥俠

第一篇　是英雄？還是小偷？

（凌晨 03:45，景福青果市場）

月明星稀之時，萬籟俱寂的景福市，有個廣為熟知的地方，放肆的喧騰著。

這裡是市區最大的青果交易處，來往的籠車與推車互相穿梭，買賣聲此起彼落。

不起眼的一角，專門批發西瓜的成智行旁邊，有個鹹粥攤的三角招牌，專程北上送貨的運將飽餐一頓後，正在付錢。老闆娘阿霞是個年過半百的婦人，這家小店是她跟兒子安身立命的地方。

安靜擦著桌子的，是阿拓，鹹粥攤的小老闆。年近 30 歲，除了幫忙母親做生意外，就是坐在一角的筆電前，專注的看著影片，不是火車、平交道，就是輪胎……

當然，整個市場都知道，阿霞有個自閉症的孩子，自然不會糾纏著他。

除了一個人。

一位綁著馬尾的中年男子，越過巷子內穿梭的人車，正快步向她走來。

「主委早。」阿霞客氣的打著招呼。

「一樣，加一塊豆腐。」

簡欸走進店內，順手拿起桌上的報紙，直接坐下。

阿拓靜靜的在一旁等著，看著母親俐落的備料，加粥，快速爐的火候，迅速沸騰鍋內的一切。一碗招牌廣東粥已完成，熟練的加上已切好的油條，灑上胡椒粉，端到主委面前。

「最近別出現了，還嫌自己不夠紅嗎？」他低聲的說著。

報紙攤開，頭條直接對上阿拓的眼。

【城市英雄或許就在你我之間！！】

「還敢笑啊？黑白兩道都在找你，要真再搜到咱們市場……」

「主委，這個月的管理費，我跟隔壁西瓜行欸阿秋一起拿給你……」

　　阿霞把一盤油豆腐放在桌上，直接從口袋拿出用四號密封袋包著的錢。

　　「阿霞啊，現在有繳費單，去超商繳一繳⋯⋯」

　　「那要手續費，六塊也是錢。」

　　簡欸不禁撇嘴，還是默默的放在口袋內。

　　「有錢放手上，不開心嗎？」

　　阿拓喃喃自語完，便走回習慣的位置上，那是屬於他的「角落」，一處讓他安心的地方，桌上擺滿了火車的相關書籍，從童書繪本到專業的機構介紹，筆電裡還播放著蒸氣火車影片，經過一片農田，旋轉的車輪，沸騰的白煙，看得他如痴如醉。

　　「等妳自己要管帳的時候，就知道開不開心了。」想到老婆跟孩子早被他送回娘家，他整個人不免嘆氣。

　　吃著早餐，簡欸低頭看報，不時抬頭望著阿霞忙碌的身影，外頭有幾個剛點外帶的客人，他捧起碗，改往阿拓的面前坐下。

　　「總不能讓你媽陷入危機之中吧？好不容易有了安生日子過⋯⋯」隔著一堵書牆，他語重心長的說著。

阿拓隨著影片，興奮的坐立難安，不時還咬著指甲，看樣子根本沒把簡欽的話聽進去。

「喂！我是好意提醒你。再發生事情，可沒半年前那麼走運。」聽著阿拓半天沒回話，他又自顧自的說起話來。

當時，警察以查緝為名，向他出示搜索票，進入青果市場逐店搜查時，簡鴻典從無人發現的一角，嗅到一股血味……

他走過去，只見一身全黑的神祕人，虛弱的倒在盛滿高麗菜的籃筐後方，大腿中彈，血流不止的顫抖著。

這身影，他是知道的。

這些年來，在各大媒體揭發許多政商黑幕，劫富濟貧的「城市英雄」。無人得知其姓名樣貌，唯有一張從監視器側拍的照片，一身黑衣，面著黑罩，迅速從高樓一躍而下。

他是底層民眾的一顆明星，是黑暗裡能與之抗衡的力量。

利用聲東擊西的方式，簡欽避開警方的查緝，把他帶到附近的診所急救。

「簡仔，我這泌尿科膩。」年近 70 歲的江老醫生，看著帶來的人，忍不住抱怨。

「想辦法救就是了！」

而他怎麼也沒想到，眾人推崇的城市英雄，竟然就是阿霞的憨直兒子……

「你哦……」他起身，從書牆的一端，與阿拓的眼神對視。

那不是阿拓尋常的神色，如此睿智，聰慧，且狡黠。

「我真的搞不懂，你到底是真憨還是……」

「你要不要再幫我？」

「上次就已經幫你接頭，當林北是特技演員還是成家班啊？你還沒回答我，我的聽力……」

為了躲開警方展開的追逐戰，簡欸還心有餘悸。

「我要是年輕 20 歲，帶著你上山下海都沒問題！可現在不一樣啊，我兒子今年要考大學，別鬧了。」

他宛如連珠砲的抱怨，可阿拓的視線，早已放在他身後，正在跟母親寒暄的女人身上。

好香啊……隔著一段距離，都能聞到她身上的脂粉味。

簡欸也跟著回頭，不禁翻了白眼。

「阿拓，別想了。人家是上班小姐，那個世界跟你不一樣……」

「她在哪家公司啊？」阿拓輕飄的走過去，留下原地發愣的他。

他到底知不知道我在說什麼……？

「馬小姐，今天比較早下班喔。」阿霞正在張羅著。

「店裡沒生意，我就早點走了……哈囉，阿拓。」莉莉隨意綁著馬尾，長版外套包得老緊，卻藏不住一身的風塵味。

阿霞回頭看了一眼自己的兒子，隱隱嘆口氣，自己生的兒子，自己最清楚，看著莉莉的眼神，就跟那死鬼丈夫一樣。

「光站著幹麼？馬小姐要外帶，先準備一下。」

阿拓含蓄的表情，活像摽梅之年的黃花大閨女。

「妳兒子真孝順，都會幫忙。」

「馬小姐過獎了，他也常常跑出去玩，有時候好幾天不在家呢。」

「哇，阿拓都去哪裡玩啊？」莉莉好奇的問著。

「看火車啊！」

看著莉莉對自己的笑容，鮮紅的嘴唇不停動著，阿拓只覺一陣輕舞飛揚。

簡欽坐在原處，吃著他的鹹粥，看著馬莉莉這個女人……

打從接下主委職務開始，裡外的人事物他一概熟悉，可這個女人的來歷始終不明。是啊，這附近是有幾間茶坊，可都是所謂的阿公店，裡頭的女人，叫她們聲大姐都綽綽有餘！

一個年輕貌美，風姿綽約的小姐，在這樣的一個地方，似乎太突兀了。

放下碗，他乾脆也走進談話之中。

「馬小姐，常常看到妳欸。」

「主委好，我也常常看到你啊。」

「這裡的鹹粥不錯吼？阿霞可是我們市場裡的招牌，餵飽南來北往的商號跟司機，號稱靈魂食物……」

「主委太客氣，啥咪靈魂食物，吃粗飽而已啦，哈哈哈……」阿霞喜孜孜的回答。

「我記得妳住的那邊轉角不是也有一家？」

「呃⋯⋯是啊，不過，沒阿霞做得好吃。」

簡欻挑眉，略略點頭。

阿拓看著他，眼神透露出「你想幹麼」的警戒。

「不是要你先準備好？馬小姐要外帶。」

阿拓這才趕緊準備，莉莉付了錢，接過餐點後，微笑的轉身離去，還不忘特地看著主委。

「美女再見。」簡欻浮誇地揮手。

直到莉莉走入人群之中，他突然感到腳下一陣痛楚，阿拓像是事不關己似的，狠踩了一腳後回座。

「主委你怎麼了？」阿霞關切的問。

「沒事。腳麻了⋯⋯」他吃力的走回原位。

「馬莉莉那女人少接近，她說話不老實。」

「⋯⋯」

「我是說真的，她之前不是說過住在前面那條街上？那裡的轉角是土地公廟，根本不是賣吃的。」

「……」

「我是在保護你。」

「保護我，今天晚上就幫我。」

「這不能當同一件事情講……」

「哼！」阿拓直接背起包包，關上筆電帶著往門外走。

「啊你是要去哪……」阿霞眼看兒子又要出門，趕忙問著。

「看火車。」

「哪邊的火車？你身上錢夠吃飯嗎？什麼時候回來……吼這孩子……」

看著越走越遠的身影，阿霞也顧不得兒子的蹤跡，趕緊準備眼前客人的餐點。

「阿拓要去哪裡啊？」一旁才剛進來點餐的司機大哥問。

「我哪知道囉……都去拍火車啊，平交道啊，有時晚上就回來，有時候兩三天才回來，比我這個媽還行什麼……？萬里路啦！」

看著阿霞對著客人抱怨兒子，再往已消逝身影的人群，簡
欸無奈的嘆口氣，只能拿起手機對著阿拓傳訊……

可就在此時，一輛白車與黑車，分別駛入了鹹粥攤外。黑
車下來的，是一個身穿中山裝的單眼大光頭；白車下來的，是
一位頭髮斑白，戴著一金絲眼鏡的斯文男。

「老……闆您好。」阿霞對於這樣的陣仗感到錯愕。

雙方不約而同的看了彼此一眼，隨後走進店內，楚河漢界
從座位也分得明顯。

「兩位老闆，請問點餐了嗎？」簡欸深覺情況有異，下意
識的撥下通話鍵給阿拓。

「麻煩來碗雞絲麵。」斯文男客氣的對他說。

「那……這位先生也是嗎？」

「誰要跟他一樣？我要意麵。」光頭男的語氣，明顯不客
氣。

「好的，請稍後。」簡欸笑著走出店外，臉色瞬間反白。

　　倉促的對阿霞點餐後，簡欸閉上雙眼，試著聽見阿拓的蹤跡……

　　對於這樣的奇技，簡欸對阿拓有著不少的抱怨。上回帶著他去辦案，沒想到偷出來的東西竟是如此危險，為了阻止阿拓吞服，東西不慎摔在地上，放射出的物質，除了差點弄丟簡欸的性命外，也讓他開始有著耳聽八方的能力。

　　「別再往前走了，店裡有狀況，速回。」他悄悄的傳訊給阿拓。

　　稍後，簡欸幫忙阿霞，托盤帶著兩碗麵進入。

　　「程大警官，好久不見了。我記得從你的管區到這裡，起碼也得開一個鐘頭的車。」光頭男首先開了頭。

　　「越加先生，怎麼不在高級餐廳吃著你的懷石料理？」程警官用筷子拌了下碗內的麵。

　　「聽說這裡的鹹粥攤是景福一絕，可惜啊……」

　　越加望向一旁、上頭還有火車書牆的位置。

　　「來的時間，似乎不對呢。」

　　「人客啊。」阿霞剛剛忙完眼前的客人，各帶著一盤小菜進來。

　　「這盤是招待的。」阿霞也各給他們一人一張名片，上頭還釘著一張菜單。

　　「以後可以先打電話來，我們有很多司機啊，這邊工作的都是這樣，很方便的啦哈哈。」

　　兩方人馬眼神直盯著桌上的「沙必蘇（SERVICE）」，不禁失笑。

　　「老闆娘，平常都妳一個人在忙？」程警官問著。

　　「還有我兒子啊，不過他現在不在。」

　　「那麼，他去哪裡了？」越加的眼神，帶著窺伺的笑意。

　　簡欸欲緩步走出。

　　「簡主委，不用出去了。店外沒客人，進來坐坐吧。」

　　程警官語畢，身後的一名便衣，立刻將他拉到座位上。

　　「呃……你們認識喔？」阿霞也感覺到詭異的氣氛。

　　「老闆娘，妳也坐吧。」越加也說話了。

阿霞正遲疑著。

「叫妳坐就坐，聽不懂是嗎？」身後一名小弟朝她吼著，嚇得阿霞趕緊坐在位置上。

「唉唷，嚇死了。是不會小聲點嗎？」越加氣急敗壞的打了小弟一拳。

「把廖振杰叫回來。」程警官一邊吃著麵一邊吩咐著。

「你怎麼知道我兒子的名字？」阿霞這下矇了。

「老闆娘，妳知道妳兒子做了什麼事嗎？」越加在另一邊問著。

「簡主委啊，你的耳朵還習慣吧？你算聰明的，第一時間把老婆孩子送回娘家，不然現在這狀況……解釋也尷尬，對吧？」

簡欸此刻瞬間涼了半截，看來今天沒一個交代是離不開的。

\#

「阿姨？」一身肌肉的大偉，才剛走到鹹粥攤前，見著裡頭氣氛不對，連忙閃到一旁。

　　正好，阿拓也在此，從對角大樓的置高處看著裡頭的動靜。

　　「阿拓，裡面是怎麼了？」大偉打通電話給他。

　　「他們都來了？」

　　「都……？要我進去嗎？」大偉錯愕，他才適應鉻能力帶來的新生活，卻又發生這樣的事。

　　「不，他們有槍。」

　　兩人在外頭無語，有能力又如何，也都只是血肉之軀。

　　「見機行事。」阿拓掛上電話，接起另一個通話……

　　「阿拓啊，我是媽媽。你是怎麼了？為什麼店裡來警察說要找你……」

　　「誰跟你警察？還有黑道，哈哈哈……」越加在一旁猖狂的大笑。

　　阿拓試圖平復情緒，手指上的指甲不停被啃食著。

　　「他們……要幹麼？我只有一個人，我……是要跟誰走。」

　　簡欸沉默不語，他知道大偉在牆外，也知道阿拓就在對面的屋頂。

　　兩方人馬此時也陷入矛盾，他們可沒合作，也沒講好，來的時間偏偏就是如此湊巧。

　　「欸！你要幹麼？救命……」阿霞突然被越加一把抓起往門外衝。

　　此時，大衛直接走出來，一拳往越加的臉上招呼過去，直接壓制在地。簡欸則是搶下其中一名小弟的槍，直指程警官的頭。

　　這下再有槍，其他人也不敢輕舉妄動了。

　　「其他人全部出去，幫忙做生意。」簡欸冷冷的說。

　　幾個人見情況不對，連忙往店外走。終於，店裡寬敞多了。

　　阿拓趁機從頂樓往防火巷一躍而下，靠著兩棟樓的外牆，一左一右的下至地面。

　　黑白兩道找他已經不是第一次，但是，那麼快的時間內就知道這裡，卻是他始料未及的。

　　穿過車陣與人群，看著被趕在外面的，那些便衣跟流氓，那些想對他動手又不敢的眼神，阿拓忍住笑意的走進店內。

「媽……」

「你這夭壽囡仔，到底是做了什麼事情？」阿霞既是擔心又是氣憤，忍不住朝他身上打下去。

「你兒子是賊，是駭客。」越加趴在地上，朝著他們惡狠狠的說。

「混黑道的說別人是賊，好不好笑啊？什麼時候變一家親了？」大偉壓在他身上，沒好氣的回他。

「廖振杰先生，我們懷疑你涉嫌多筆資方滲透案，銀行竊案以及一方火力發電廠竊案。逮捕令在我的身上，請你跟我們回去協助警方調查。」

「怎麼可能？我兒子這樣子……他有自閉症餒，不可能做這些壞事的。」

「有沒有做，他自己心裡清楚。簡主委，你也明白，不是嗎？」

程警官說完，拿起手中的鐵筷，慢慢的刮著桌面。微不足道的聲音，在簡欽的耳裡卻是令他不耐的噪音，趁著分神之際，程警官直接把麵湯往他面前一潑……

大偉見狀，把越加往程警官身上丟過去，迅速解套。

「我不會跟你們任何一個人走。」

阿霞看著兒子的眼神，陌生的像是不熟悉的人。

「你到底是怎樣啊？阿拓，別讓媽擔心好嗎？」

「媽，我們該走了。」

「我不走！」阿霞甩開他的手。

「我的兒子去哪裡了？把我兒子還來！」

「大偉，快帶阿拓離開。」簡欸吩咐著。

「你也不走……呃，阿拓快。」

大偉拉著錯愕的阿拓，準備往門外衝，阿霞迅速的從圍裙內，拿出一袋東西放到兒子的口袋內，一把推開他後，直接坐回位置上，看都不看一眼。

程警官好不容易推開身軀龐大的越加，朝著阿拓喊著：

「廖振杰，要是真為你媽著想，就別再搞什麼『城市英雄』的戲碼，有了『鉻能力』又如何？英雄，注定家破人亡，妻離子散；你爸爸的教訓……還不明白嗎？」

　　阿霞看著程警官，她終究忍不住回頭了，紅著眼眶，看見那像極前夫的一張臉轉身離開。

　　大偉帶著阿拓，瘋狂的向外奔竄，兩個人彼此各有心事。

　　在一方火力發電廠的事件中，槍林彈雨下，阿拓趁亂搶奪廠長手中的盒子，上頭的手銬，陰錯陽差的銬上一個肥宅工程師的手……

　　為了活命，免於誤殺，肥宅只能跟著阿拓一起逃。就在那晚，他才知道阿拓盜取的是無限價鉻元素。那個東西，本是國家下令嚴禁採用的能源之一，放射出的能量雖強，可反噬的副作用也很可怕。

　　在他進發電廠工作之前，就曾發生過研究員私自實驗，導致暴斃的憾事發生。而該名研究員，就是阿拓的爸爸。

　　只是，為什麼發電廠內還存放著？因為，用不到的廢料，只要還能用，私自轉出，盜賣，將會是一筆可觀的財富，不論做為何用。

　　阿拓攔下別人想賺的不義之財，自然成為黑道優先剷除的對象。

　　也是那一晚，他和簡欻阻止阿拓吞服之後，肥宅也遭受無限價鉻元素的波及，成了現在的模樣。

　　可擁有再多力氣，弱點依舊存在，大偉怕痛，若是遭遇攻擊，仍處於下風。但是，他很享受女人堆裡投射的愛慕與垂涎，那是他在肥宅時期享受不到的。

　　最後，兩人逃到一處大橋前。

　　「阿拓，各自翹頭。」

　　「你幹麼？」

　　「我速度沒你快，已經到極限了。」大偉不停喘著氣。

　　阿拓抓了抓頭，只是簡單說聲掰掰，隨即轉身離去，而天空已慢慢翻起白肚，走向微光。

###

　　阿霞在偵訊室，警方的黑白臉公式她才不管，自顧自的寫著店裡需要購買的食材。

　　「蝦仁一斤，白米一袋，妳還敢回去開店喔？」

「哪裡不敢？店我租的，好手好腳自己努力賺錢有什麼不對……欸……那個ㄐ一蛋的ㄐ一怎麼寫啊？」

「關我什麼事啊！妳兒子現在到底在哪裡？」黑臉直接拍桌罵人。

「我不知道。」阿霞不理會他，低頭寫著注音。

「不要以為我不敢揍女人……」

「不要這樣。」白臉趕緊阻止他。

「阿姨，我們只希望他到案說明，不然通緝令一下，對他也不好。」

「我是真不知道。」阿霞雙手一攤。

「阿姨，妳省省吧。袒護他到什麼時候啊？」

「真的啊！欸……我兒子從小就被醫生診斷出有自閉症，他那樣子的一個人，你們說他那個……資安？偷竊？還飛來飛去的，我怎麼都沒發現啊？」

黑白臉互看了一眼。

「阿姨，我們來聊聊妳的丈夫好了。」白臉坐到阿霞身邊。

「他當初，是怎麼過世的？」

「發電廠意外，那個時候，阿拓也才 10 歲而已。」

「有說是什麼意外嗎？」

「鍋爐爆炸。」

「根據過去的資料，一方火力發電廠沒有發生過這樣的事件。」

阿霞沉默了，白臉繼續問著：「阿姨，妳當初前往認屍的時候，電廠的人員為何跟妳起了衝突？」

「我……是為了賠償金談不攏才去……」

黑臉直接丟了一份老舊的報告在桌上。

「阿姨，再演就不像了。」

阿霞看著那份報告，整個人啞口無言。

「【論無限價鉻元素於能源危機之影響】，這麼學術的論文報告，不會是由一個賣鹹粥的市井阿桑寫出來的吧？戴翠霞教授。」

　　白臉接過報告，直接翻出由書籤分類好的頁數，放在阿霞面前。

　　「這裡頭，關於無限價鉻元素對於人體的利弊影響，阿姨研究得很徹底。我們想知道的是……妳的兒子，阿拓，他是不是真的，用多次微量的方式，把無限價鉻元素給吞了。」

　　阿霞的手在微微顫抖。

　　「還有，我們合理的懷疑，景福市場的主委，以及那個前一方發電廠的工程師，也都用同樣的方式，讓身體產生變異。」

　　「我也是為他好……」阿霞從口中幽幽的說著。

　　「我兒子真的很可憐，在學校被欺負，成績也不好，老師也不管他，我已經沒得選擇了……為什麼，我跟他爸爸都是那麼優秀的人，卻生下這樣的孩子……」

　　「妳讓自己的孩子吃那個？那是毒啊！吃多了會死啊！阿姨！」黑臉在一旁大吼。

　　「我只讓他吃過一次而已！我很後悔，他那次差點就死了……可是，他醒了以後，變得好優秀……」

　　「優秀？哪方面的優秀？」白臉順勢往下追問。

阿霞揚起得意又扭曲的笑容。

「他會飛，飛得又高又遠。」

白臉朝著偵訊室的鏡子望去，程警官在後方聽得是一清二楚，趕忙打了通電話。

「發布廖振杰與石大偉的通緝令，要活捉，千萬別讓越加他們捷足先登。」

「我也去。」身旁一名女警說完，欲起身離去，卻被程警官攔下。

「馬莉莉，把他們帶回來，懂嗎？」

「是。」

第二篇　大偉的犧牲

阿拓漫無目的地，坐在平交道一旁的石堆上喝汽水，等著看火車。

他想回家，想著房間那張床，想吃媽媽做的菜，也想起了爸爸……

回憶將他推入思緒中，一方發電廠，當年他才 10 歲，母親帶著其他人在封鎖線外哭喊，一陣推擠之中，他趁亂走進命案現場，掀開父親的裹屍布……

從此，阿拓的人生開始走向極端。他開始相信，動漫裡的英雄，都是真的。

因為，他就是真的。

當時父親的手上，握著一顆石頭，他掰開拿起的同時，也被警方發現，抱離現場。

那顆石頭，就像母親說的一樣，是救命丹，必要時服用。

爸爸就是為了造藥，發生意外，中毒而死。

　　他摸著口袋裡頭，母親偷偷塞給自己的吃飯錢，裡頭還留著爸爸當初做的解藥，心裡不禁難過起來。阿拓心中很明白，這是不能隨便吃的藥，誰都不能吃。

　　對於簡欸跟大偉，他有著說不出的抱歉，他知道主委在阻止他，也知道那肥宅怕得要死，可是，鉻元素就是掉在地上了，沒想到會爆炸，醒來後，肥宅成了大力猛男石大偉，而簡欸有著耳聽八方的能力。

　　自己已經當了好多次英雄，他不想變弱，只能選擇更極端的方式，讓自己越來越強。

　　一輛火車急速駛來，阿拓忘情的手舞足蹈，直到火車離去，平交道的另一端，出現負傷的越加和他的手下。

　　阿拓見狀轉身就跑，可越加這回有備而來，直接舉起麻醉槍往他身後擊發下去。

　　「臭小子，上次算你運氣好，沒把你打死，這次我看你能飛多遠！抓！」

　　阿拓躍上一間又一間的民房，越加一群人在後方騎著重機伺機而動，眾人一陣驚慌失措，四處奔竄，也有人趁亂用手機拍攝這一切。

　　麻醉槍迅速在他身上發生效用，阿拓只覺得四肢開始不聽使喚，他已抓不住前方的招牌，整個人欲摔在地上之時⋯⋯

　　一個健壯的身影迅速抱住他，大偉帥氣的一笑，單手直接抓著一旁的普通重機往越加那方扔去。

　　「你不是跑了？」阿拓癱軟的對他說。

　　「要麼一起生，要麼一起死。」

　　「噁心⋯⋯」

　　後方疾駛一輛警車而來，到兩人面前迅速甩尾至正，阿拓眼睛一撇⋯⋯竟然是女神馬莉莉，她是警察？！

　　「快上車。」莉莉探出頭喊著。

　　大偉迅速的將阿拓抱上後座，越加那方卻不給他任何機會，一陣火燒的痛楚鑽進大偉的背裡，他奮力的關上車門，倒臥在阿拓身上哀嚎。

「……你還好吧？」莉莉看著照後鏡，她也明白現在的情形，可後頭的追兵時不時朝著警車射擊，她不能有任何遲疑。

大偉搖頭，表述他的痛苦，看著阿拓陷入昏睡，拔掉身上的麻醉針時，竟然笑了。

「我還沒開始當英雄呢，真不甘心……阿拓，我不生你氣了……其實……這身力氣，還有外貌，我真的度過一段很開心的日子。」

「你一定要平安……這個世界，還需要你。」

「你一定要記得我！我叫石大偉！給我一個響噹噹的名號。」

眼看後方即將追來，大偉直接開啟車門，跳向其中一輛機車，當倒地之際，後方閃避不及，全部撞成了一團，瞬間變成了一大火球。

趁亂，莉莉只能義無反顧的加速，帶著昏睡的阿拓離開現場。

###

簡欸被痛揍一頓後，趴在拘留室的一角癱軟無力。

　　警方將他的雙耳塞住，不讓他有機會聽見任何聲音，雙眼緊閉，一切的一切，宛如身在水中。

　　中年人生或許無趣，卻也無常，口嫌體正直，簡猷的確是幫了阿拓幾次。

　　他想起囉嗦的老婆，還有，為了準備大學考試而埋首書堆的兒子。

　　年輕時，簡猷曾在軍中特勤隊待過一段時間，他滲透過營區，也參加過東部監獄暴動的鎮暴行列，退伍之後，人生歸於平淡，也只剩下一張嘴跟人話起當年勇。

　　夜深人靜之時，喝著小酒，回憶過往，茫然於現在。

　　要不是發現阿拓的真實身分，簡猷或許沒有後來發生的事情，可回想起來，狼狽的臉上還是揚起一抹得意。

　　「簡鴻典，出來吧。」拘留室外的員警，朝著裡頭喊著。

　　「長官，他聽不到啦。」一旁的人犯踢了他一腳，揶揄的說著。

　　「踢什麼踢？誰要你們動手的？」

「不就是你嗎？長官。」

員警忍不住朝外頭看了一眼，確定主管沒聽到後，才叫後頭的學弟進去把他抬出來。

「喂……你就這樣把他交給姓程的，不怕我老大怪罪下來？」看著他被抬出拘留室，帶頭的人犯忍不住對員警抱怨。

「跟越加說，人家動作比你們快，我沒辦法。」員警冷冷的說完，跟著走了出去。

辦公室內，程警官帶著一隊便衣坐在位置上，看著滿臉是傷的簡欸，淡淡的問著：「怎麼會這樣？」

見著人犯不理會問話，員警直接冠冕堂皇的說：

「裡面的幾個人犯跟他起衝突，被打的。你們在搞什麼東西？怎麼不第一時間把人救出來？」員警解釋之餘，還回頭罵了幾聲一同當班的學弟。

白臉捧著一盆溫水跟毛巾，送到桌上，仔細的把簡欸的臉擦拭乾淨。清理完畢，白臉直接把水潑向員警。

「你……」員警被滲著血味的髒水潑得狼狽，一時也搞不清楚狀況。

「統統抓起來。」

程警官一聲令下，後頭的人馬迅速的把幾個當班員警壓制，銬上手銬。

「程亦夫，你幹什麼？你不是我這邊的上司，憑什麼這樣對我們？」員警被壓在桌上，朝著暴跳如雷的程警官喊著。

「現在是了。」程亦夫把調職令放在桌上，讓員警好生看著。

外頭衝進數名武裝員警，直往拘留室內，開了門就對裡頭的人犯一陣爆打。

「你們這群混帳不用裝了，外頭的員警早已把你們供出來。」黑臉也在武裝警察內，直接對著裡頭的人犯喊著。

「如果你可以告訴我，警局裡頭還有多少越加的人馬，或許……」

程亦夫朝著員警揚起溫暖的笑容。

「移監時，我可以不用把你丟進囚車，跟他們共處一室。」

第三篇　鹹粥俠之死！

　　街頭的追逐戰影片，引發整個社會譁然！

　　所有的新聞媒體，都在報導城市英雄的專題，眾人給阿拓一個「鹹粥俠」的稱號，相對的，身分已暴露。

　　代表黑道的越加，明路與暗路都被代表警方的程亦夫給切斷，氣極之下，發布高賞金的追殺令。

　　他不再尋求無限價鉻元素的買賣，而是要阿拓死；唯有他的消失，才能讓這個社會在畸形的標準下，繼續運行。

　　大偉的犧牲，也引發社會的不安，他們害怕再有一個英雄死去，卻也恐懼這些英雄的能力。

　　阿霞毅然決然的返回市場開店，這間店是她的支柱，也是她活著的動力，因為兒子的盛名，天天爆滿，外頭排滿好奇的民眾，阿拓在店內的專屬一角也成為網美的熱門打卡景點。

　　程警官……不，升官了。程總隊長及越加的人馬定期來站哨，雙方在市場內的衝突時有所聞。

　　簡欵也回到市場，繼續做著主委的工作。他是唯一沒有曝光的英雄，也因為耳朵內裝設特殊的儀器，干擾他耳聰的能力，英雄再也不是英雄。

　　對於市場內的商家抱怨阿霞一家的事情，簡欵也只是四兩撥千斤的帶過，只是……

　　老婆在一旁碎念鹹粥攤的動線，外頭的客人影響其他商行車輛進出，要他去店裡跟阿霞說一聲。

　　隔天，簡欵帶著幾個新買的紅龍到攤子裡，跟阿霞說著。

　　「妳開店時，把紅龍先架好，不然，我幫妳規劃一下排隊動向。」

　　趁著兩人交談之時，偷偷把彼此寫下的紙條留給對方。

　　「阿萍，我去一下廁所，妳顧一下店。」

　　阿霞跟打工的小姐交代完，雀躍的走進廁所，把門鎖好。這是兒子離開之後，第一次寫信給自己，她趕緊打開字條。

媽：

　　我一切安好，在海岸邊看火車真的很棒，

　　那裡讓我開心，我不用再想著當英雄的事，

　　等風頭過後，我會回來看妳。

阿拓

　　阿霞摀住嘴巴，不讓自己哭出聲，我的心肝寶貝兒子，只要你好好的，不回來也沒關係，只要你還活著，什麼都好，都可以……

　　她將字條撕碎，隨著沖水馬桶消失。

　　另一方面，阿霞的字條，輾轉送到程亦夫的手上，他拍了下來，傳訊給馬莉莉。

　　紙本，就這麼進到碎紙機，再行焚毀。

　　而嘆息，就在這幾個動作間。

　　「阿拓，你媽媽寫字條來了。」莉莉把手機交給坐在輪椅上的他。

　　他拿起一看，字裡行間，母親寫的都是懺悔。默默看完，手機還給莉莉。

　　「莉莉，妳說……我還有多少時間？」

阿拓不怨母親當時的所做所為，是他自己太想當個英雄，才會背著母親，一而再再而三的服下。

可那些，終究是毒，終究是會反噬，最終了的，還是自己的命。

「時間對你而言，重要嗎？」莉莉不想回答。

她是心疼阿拓的，長期潛伏在景福市場內，莉莉明白，他就是一個孩子，三十歲的外貌，十歲的心智，永遠不變。

平交道的警示燈再次亮起，虛弱的身體，引頸盼望火車的來臨，聽說，這輛車從南韓坐船過來，是他從未見過的車款。

終於，嶄新的車頭經過他的眼前，阿拓笑開了花，想站起來跳舞。莉莉使出全身的力氣助他起身，車廂一節一節的飛奔而去，直至另外一方。

「我看到了，莉莉，我看到了欸。」

「是啊……」

莉莉邊說，邊拿起紙巾擦拭阿拓流下來的鼻血。他最近的狀況，越來越不理想，已有油盡燈枯之勢。

一想到往後，她的眼眶忍不住泛紅。

「莉莉，我很滿足了。一直想帶妳看火車，如今……成真了。」

「以後還有很多火車可以看，時間多的很。」

莉莉起身，推著他往停車場走去。

「莉莉……答應我一件事，好嗎？」阿拓虛弱的問著。

「說啊。」

「我死後，繼續寫信給我媽媽，直到她往生……可以嗎？」

「……你在說什麼話啊？」她不耐的回應。

「我的包包裡，有一本筆記……裡面都是我記錄下來的，車站、火車、平交道，還有車子的輪圈……妳幫我拍……拍……」

「不要叫我拍，要拍就一起去！」莉莉淚眼婆娑的回他。

「臭阿拓你大笨蛋，不要講這些事情好不好？」

阿拓不再回她，直到走向車子，莉莉蹲在他面前……

對不起，阿拓……我應該要溫柔的答應你。

握著他冰冷的雙手，她抱著這個軀體痛哭失聲。

　　阿拓，去追火車吧，就去追吧，再也不要回來，去另一個世界，當個真正的英雄。

###

　　「阿拓，歿。」

　　莉莉的訊息，只傳給程亦夫與簡鴻典，簡歆搬起小桌子，大搖大擺的坐在家門外的小庭院，桌上擺著豐盛的小菜，毫不遮掩的喝著悶酒，對面還擺著一副碗筷跟椅子。

　　「喝吧……我知道你不喝，但你陪我喝。」簡歆自顧自的倒酒給對面的位置。

　　「簡鴻典你在幹麼……」

　　「男人在聊天，妳識相點就別管了！」簡歆悶透了，劈頭對老婆就是大吼。

　　夫人雖有不悅，不過看那陣式，還有老公突然的性情大變……還是識相的進屋睡覺。

　　「我是不是很沒用……？」簡歆舉杯，話未畢，眼淚卻已流下。

「你倒好啊，解脫了。我們活著的，永遠替你揹著，藏著……該死的是我啊，阿拓啊……」

反正，阿拓已死，他再也不用管什麼禁令，簡欸想都沒想，直接把兩耳上掛著的儀器給拆下，卻聽見身後響起……

「我還在想，你什麼時候要拆掉這可笑的東西？」

簡欸驚恐的回頭，只見阿拓近距離的看著他。

「啊！！！」

「不用那麼熱情吧？」他失笑。

「你不是死了？！」

「我是死了沒錯。」阿拓直接坐在簡欸幫他準備的位置。

「天哪，也太香……」

看著他在眼前大快朵頤著鹹水雞，簡欸才慢慢相信，眼前的是人，不是鬼。

「這市場外面卓嬸賣的吼？真的好吃。」

「吃飽了沒？」簡欸走到他身邊，拿走手上的雞腿。

「啊？」

「幹！」他直接把阿拓踢下椅子。

「你最好解釋清楚怎麼死而復生的，否則我揍死你個王八蛋！」

「好好好……」阿拓起身，把椅子搬起來又坐了下去。

阿拓當時是真的死了，莉莉抱著他失聲痛哭之際，突然想起阿拓曾說過的，關於他老媽留給他的吃飯錢，裡面有一個救命丹。

「如果莉莉當時沒那個舉動，我根本活不了。」

「那個救命丸是哪來的？」

「我爸寧願死，也要研發出的，給我的解藥。」

無限價鉻元素，裡頭有許多活躍分子，在環境研究發展而言，能將微小的能源發揮出最大效用，在初期發展有不少益處，但是，時間一久，少部分的毒性累積到一定的程度，足以讓人致命。

「我不敢說這是絕對有效，因為，我爸當初來不及服下解藥後就死了。起碼，我真的活下來。莉莉只把我死而復生的消息告訴程總，畢竟……警方那邊，還是有越加的人潛伏在裡頭。」

「所以，林北白流了幾行眼淚要怎麼算？」

「哎呀……我到現在才知道，你真把我當兒子看，讓我叫你一聲爸爸……」

「你不光是活下來，性子也不一樣了。」

「這……莉莉也幫了一些忙。」阿拓開始閃爍其詞。

「這小子，莉莉會看上你？」

阿拓不服氣的回到：「你不知道……她親自把藥送到我嘴巴裡，還說『不要離開我』……呵呵。」

看他那發情的樣子，簡敘也不想再問下去。

「簡敘，帶我去拜一拜大偉，好嗎？他為了救我而死，我真的欠他一輩子，對你也是。」

「他跟你一樣，都是賽運。」

「蛤？」阿拓不解。

簡敘狹猝一笑。

「你也有想不到的時候吧？」

##

越加今天很忙。

一早參加法院的開庭，再由律師帶著，面對媒體，強調自己身為白手起家的商人，弊案跟自己毫無關係。

下午跟情婦的約會，女人帶上兩個姐妹淘來服侍，整個人是次次春回，通體舒暢。

夜晚，他宛如勝者姿態的出現在景福市場內，剛好與程亦夫打上照面。

「程……總隊長，好久不見啦！」

「越加先生怎麼有空造訪這裡？」

「上次沒吃到鹹粥，可惜啊。這次肯定要親自嚐嚐。」

「排隊的人不少，你可有得等了。」

「不用。」

越加語帶輕佻的說完，帶著幾個小弟，直驅店內，只見幾名用餐的客人被轟了出去，裡頭就剩下兩人。

「老闆娘，來一碗招牌廣東粥。」

阿霞面無表情的把東西端上桌。

「怎麼不笑啊，老闆娘。服務態度不好，怎麼做生意？」

見阿霞還是不想理會他，反正越加心情好，因為，他特地來報個好消息。

「老闆娘，沒聽說嗎？你兒子死了。」

備料的手停下，阿霞錯愕的回頭看他得意的笑容。

「看來，他們什麼都沒跟妳講。」

越加吃了一口粥，果真香氣四溢，連咬下去的蝦仁都新鮮彈牙，他不禁點頭讚嘆。

「你兒子如果跟我合作，那該有多好。他包准有享不禁的榮華富貴，妳也不用在這裡奔波，那麼辛苦幹麼？」

「可惜啊，兒子死了，妳到頭來還是一場空。」

見著阿霞緊握拳頭不語，只是紅著眼眶死命瞪著他，越加更開心了。

「再跟妳說個事情，不光是妳兒子，連妳還有簡主委，我都會一個一個的，慢慢解決。妳兒子斷的，不光是我的財路，

還有更多的，比我更大的勢力。他死在自己服下的毒，沒叫人把他大卸八塊，已是我越加的慈悲。」

阿霞抬頭看著牆上的鐘，再看著越加吃著東西，開心的模樣。

「你也該去陪我兒子了。」

越加警覺性的抬頭，看著阿霞揚起一抹淡然的微笑，血從他的鼻腔流下來，這才驚覺自己中了毒。

「混帳東西！」越加氣憤的翻桌，想衝過去掐住阿霞的脖子，卻怎麼也使不上力氣。

「這碗招牌粥，獨家特製，專門為你而留。我兒子的錯，由我這個母親承擔，一切的開頭，都是我……為了救他，我丈夫的命也沒了，如今……」

越加吃力的拿起腰間上的槍，本想打向正在喃喃自語的阿霞身上，卻因使不上力，失去了準心，直接轟向餐廳外面。

外頭正等著進去用餐的人群，被槍聲嚇到一轟而散，越加的人馬此時才驚覺不對，連忙衝進用餐區把老大帶出來。

「把這個臭婆娘殺了！」越加忍著身體劇烈的疼痛，大喊著。

「我要殺了你，我要殺了你……」阿霞拿起菜刀，瘋狂的揮向欲抓住她的人馬，直逼越加而來。

「快……快跑啊！你們光扶著我站在這裡幹什麼？快送我去醫院！」越加大罵。

眼看阿霞的菜刀就要砍向越加，一道身影迅速抓住她的手腕。

「阿姨，不要一言不合就砍人，我們是講道理的。」

他拿下阿霞的菜刀，雖然全身還有一半被繃帶包紮，可那體格，遮掩住的笑容仍帶著熟悉的眼神。

「大偉？！」阿霞一眼就認出他。

「阿姨好眼力，還記得我俊俏的臉龐。」

「快帶我去醫院，好痛啊！！！」

越加被慌忙抬出店外時，殺豬似的哀嚎跟陣仗，不遠處的程總隊長跟簡欸都知曉得一清二楚。

　　「隊長，現在這情況……」一旁認真觀察的年輕刑警，不安的跟程亦夫報告。

　　「噓……」程總正在跟簡主委下著象棋，沒打算理會的意思。

　　「可是，剛剛有開槍，越加也被抬出來了。」

　　「有流血嗎？」

　　「呃……沒有。」

　　程總拿起手中的兵，迎向將棋。

　　「把這間店給我燒了，快！」越加上車前，吩咐底下的嘍囉。

　　「誰敢動手，我就把誰扔出去！」大偉擋在阿霞之前，摩拳擦掌對著他們。

　　正當兩方在店門口對峙之時，阿拓從天而降，直擋在中間。

　　「怎麼可能……這……」

　　「意不意外？開不開心？」阿拓依舊是那憨直的微笑。

　　越加只能用吐血來形容他的憤怒與驚恐，只能選擇先行撤退。

　　「快，送我到醫院……」

　　「哼……得罪了方丈還想逃。」簡欸在另一處聽得是一清二楚。

　　「兒子？你還活著啊？！」阿霞激動的欲跑向他身邊，馬上被大偉攔下。

　　「阿姨啊，不要急。先讓阿拓忙一下……欸！姓簡的，別再下棋了。」

　　大偉朝著不遠處大喊，簡欸不耐的看著他。

　　「等等接著下，不准偷跑啊！」

　　待他走過去之時，程總偷偷換了一些棋。

　　「叫我幹麼？我就一個耳聰的功能……」

　　「不是特勤隊退下來的嗎？超過四十歲真的剩下一張嘴啦！」

　　簡欸罵了一聲空氣粗話，開始往越加的座車走去。

「先生，這裡是市場，你的車子停在這邊影響到我們貨車進出，請你離開。」

「你算那根……啊啊啊啊！」

司機話都沒說完，只見簡欽直接開了車門，雙手一把將他拽出來。

「有任何意見，警察在那邊，自己去反應。」

三大英雄此時全看著快失去意識的越加，他只能回頭往正在走來的程總隊長救援。

「程總……我中毒了……快帶我去醫院……」

「好的，我會幫你叫救護車。」

程總示意著身旁的菜鳥刑警，只見他拿起對講機呼叫。

「越加先生，你有聽見嗎？要半個小時才能趕來。」

「半個……小時……我撐不了……」

越加說完這句，就再也沒了動靜，底下的嘍囉彼此互看著，群龍無首間，也不見個辦法。

「……你們老大還活著呢，是要等救護車來一起到醫院，還是你們……就這麼散了。」

幾個外圍的小弟開始蠢蠢欲動，腳底抹油般的溜走，剩下幾個較為忠心的，扶起越加高大的身軀。

「事情還沒完呢！下回再跟你們算。」

帶頭的留下狠話，臨走前，還不忘看了阿霞一眼。

見著人已走遠，阿拓趕緊走到母親身邊，緊抱著唯一的親人。

「媽，我回來了。」

「我的兒子啊……他說你死了，我真的想跟他同歸於盡。」

「妳是我媽媽，不可以死。」

阿拓回頭看著程總。

「程總隊長，我……謝謝你。」

「不用謝我，你們的磨難才正要開始。越加就算死了，你們的危險也會與日俱增，這裡是片刻不能待。」

「程總，我聽你的。」

「我也是。」大偉附議。

「別把我算進去，我有家庭要顧，這個市場目前的主委還是我。最近夠讓人抱怨了……」

簡欸嘮叨歸嘮叨，他看著眾人。

「這裡還有我守著，安啦！」

「越加，必死無疑，別小看你媽媽的實力。」阿霞的眼神，變得銳利。

「你們母子倆都演技派的。」簡欸不禁搖頭。

「阿拓，大偉，你們兩個縱使有非常人的能力，卻也還需要精進。阿霞……戴教授，妳也得跟我走，用毒之人，其心可誅……相信妳能瞭解我說這句話的含義。」

「社會需要你們，卻也害怕你們。你們得在我們警方的保護傘下過完一生，望你們能成為維護正義的力量。」

「所以，我們真的可以當英雄了嗎？」大偉眼睛發亮。

阿拓直接往他背後拍下去，只聽見一聲哀嚎。

「好痛啊！死阿拓。當初為了救你，整身都成了火球，要不是我命大……」

「復原能力奇佳，或許也是你的特質。」程總淡淡的表示。

遠處開來一輛黑色廂型車，停在眾人面前，莉莉一下車，就看見阿拓笑開了花。

「莉莉……」

「報告隊長，可以開始準備了。」

見著莉莉不理他，阿拓也只能陪著母親待在旁邊，等候程總發落。一旁的簡妏不禁好奇，怎麼跟阿拓說得不一樣？

「趕快收拾家當，這裡我們會收尾。」程總催促著。

大偉直接上車，阿拓則陪著母親趕忙往樓上收拾行李，簡妏直接走到莉莉身旁問著：「妳跟阿拓沒在一起？」

「怎麼可能？」

「妳不是救了他嗎？」

「是啊。」

「用嘴餵藥？聲聲呼喚？」

莉莉朝天翻了白眼。

「我是有餵藥，也喊著叫他別死。」

「那妳是怎麼餵的？」

下一秒，簡欸後悔問了這個問題。他被莉莉揪著領口，連打好幾個巴掌。

「你給我吃藥，你別死，你給我吃藥！」

「我沒要妳表演啊，馬莉莉……停啦！」

夜，又漸漸的深了。

今天的景福青果市場，依舊熱鬧非凡。

（完）

不能愛的愛人

文：鄭湯尼

一：時光飛逝

　　客廳裡，咖啡色的沙發上，坐著兩個人，男人手上捧著一本打開的相簿，女人手指著其中一張照片，兩人臉上洋溢著幸福的笑容，茶几上，兩個白色的馬克杯，外面印著史奴比躺在木屋上的圖案，杯子裡是冒著白煙的黑咖啡，旁邊還有三本相簿。

　　「榮興，你還記得這張嗎？」女人問。

　　「秋雲，這張是我們第一次約會，地點是東海大學的路思義教堂，旁邊的草地上，那是八年前的夏天了。」

　　「那這張呢？」

　　「這裡是屏東車城的龜山步道，就在妳的老家附近，那是我第一次到妳家。」

　　「對啊！你那天的表現很好，我爸還沒等你提親，就急著問我們什麼時候要結婚？沒想到，我們已經結婚六年八個月了。」

　　男人放下相簿，拿起馬克杯，閉上眼並深深聞了咖啡的味道，輕輕嚐了一口。

　　「不燙了，好棒的曼特寧，非常獨特的焦糖風味。」

　　「我比較喜歡曼巴混合的味道。」秋雲也喝了一口。

　　「好，改天再沖一杯給妳喝。」

　　「我等等想去逛街，你要陪我嗎？」

　　「想買什麼？」

　　「衣服跟鞋子啊！我已經三年沒有買新衣服了。」

　　「可以上網買啊！」

　　「不要，現場看比較有感覺，尺寸也比較準。」

　　「妳要化妝後才出門嗎？」

　　「嗯！」

　　「那我先吸地板，然後拖地，這樣時間差不多。」

　　「榮興，你真好。」

　　秋雲帶著笑容來到梳妝台前，一頭長髮的她，皮膚白皙、眉毛剃了不少、鼻子小小的、上下唇都很薄、幾乎沒有耳垂，

或許是前一天晚上沒有睡好，她的眼睛有點無神，坐下之後，便開始化妝，此時吸塵器的聲音從客廳傳來。

二十分鐘後，榮興已經拖好地板，他穿上天藍色的緊身短袖，上面印了電影美國隊長的盾牌，身材壯碩的他，穿上這件衣服看起來更壯了，他走到浴室裡，抹一些髮膠在頭上，把自己的髮型弄得跟美國隊長一樣，鏡子中的他，一雙電眼，濃眉、大鼻、厚唇，以自信的表情在微笑著，然後他走到梳妝台旁，看著正在畫眉毛的秋雲。

「我快好了。」秋雲說。

「慢慢來。」

化妝後的秋雲變得有精神多了，樣子也從平凡的女人變成豔麗的樣子，應該是眼影跟假睫毛的關係，還有那豔紅色的口紅。穿上無袖的白色上衣、短褲、運動鞋，她準備好要出門了，在鏡子前轉身看了幾遍，確定自己的樣子是漂亮的。

「可以出發了。」秋雲說。

「想去哪裡？」

「逢甲夜市，我們已經五年沒去了。」

「好啊！」

「可是今天是星期六，人一定很多。」

「然後呢？」

「我是怕不好停車嘛！」

「走一段路吧！附近停車場還滿多的。」

　　白色的 BMW520 裡，兩人互相對看了一眼，幾乎同時開口，接著兩人都笑了。

「妳今天好美。」

「你今天好帥。」

「我今天要逛很久，你要不要到附近找地方坐一下。」

「不用了，而且，我要幫妳提衣服啊！」

「那就這樣決定了。」

「想買些什麼？」

「不知道！看到喜歡的自然會買。」

「嗯！」

「可以幫我挑一套衣服嗎？」

「什麼意思？」

「挑一套你喜歡的，你認為適合我的。」

「確定？」

「當然確定。」

「好，沒問題。」

大約十分鐘的路程，他們已經到達一處停車場，下車之後，兩人手牽手，走向文華路，逢甲夜市最熱鬧的地方。

秋雲非常認真的在挑衣服，榮興也在找衣服，幾個小時過去，榮興手上已經大包小包的。

「我先把這些拿到車上，妳在這裡慢慢挑好嗎？」

「好啊！這間滿多我喜歡的衣服。」

「等會見。」

榮興獨自走到停車場，然後回到剛剛的那家服飾店。

「這件好，配上咖啡色牛仔褲正好。」

「真的嗎？我去試穿。」

「不錯吧！」秋雲問。

「很漂亮，很適合妳。」

「那就整套都買了，你呢？有沒有看到喜歡的？」

「我在網路上買就行了。」

過了一會，榮興又是大包小包的拎著，跟在秋雲後面。

「我好渴，你要喝什麼？」秋雲回頭問。

「無糖綠去冰。」

「等我一下。」

「你的。」秋雲遞了一杯飲料給榮興，然後把一些衣服從榮興手上換到自己的左手上。

「謝謝。」

「我們回家吧！」

「不逛了？」

「有點累了。」

「說的也是，已經逛了四個半小時。」

「這麼晚了？」秋雲有些訝異。

「是啊！」

「快回家。」

「怎麼了？」

「雨心等等要來，我差點忘了。」於是他們加快腳步，走向停車場。

二：姊妹情深

「雨心，妳來多久了？」秋雲在家門口問。

「剛到幾分鐘。」雨心說。

「對不起，剛剛去逢甲夜市，一逛就快五小時，差點忘了妳要來，我們進去吧！」秋雲拿出鑰匙，把門打開，然後把客廳的燈也開了。

「雨心，妳來啦！好久不見了。」榮興此時提著十幾袋的衣服，跟著兩人進到屋裡。

「姊夫，你這件衣服好帥啊！」

「真的嗎？妳們聊，我先把衣服拿到樓上。」

「怎麼會想要買這麼多衣服？」雨心問。

「三年沒買新衣服了，有些都快破了嘛！」

「花多少錢？」

「大概一萬左右而已，都是便宜的衣褲。」

「這麼多耶？應該有三十件吧？」

「我沒算幾件，應該差不多！現在的衣服都很便宜，有了網路的競爭，價格就更低了。」

兩人一聊就是半小時過去，榮興剛剛去洗澡，所以換了一件印了白龍的黑短袖，還有黑色的牛仔褲。

「雨心，來台中玩嗎？」榮興問。

「雨心準備到附近的台積電上班，榮興，可以讓她住這裡嗎？」秋雲問。

「當然可以啊！房子這麼大，還有三個空房間呢！」

「謝謝姊夫。」雨心非常開心的答謝。

「都是自己人，不用這麼客氣，對了，我要去檢查車子，妳們繼續聊。」

「什麼時候要開始上班？」秋雲問。

「十天後。」雨心說。

「有交通工具嗎？」

「我打算買一部腳踏車。」

「那怎麼行？這樣吧！榮興的機車先給妳騎，反正他現在都開車上班。」

「這怎麼好意思？」

「妳這做妹妹的，還跟我客氣什麼？還記得以前，我們家很窮，妳跟我擠一張床，吃也吃不好，睡又睡不飽，所以才會瘦巴巴的，沒想到，妳現在變得楚楚動人。」

「真的嗎？我的同學都嫌我戴眼鏡，留短髮，沒女人味。」

「那是他們沒眼光，像妳這樣凹凸有致的女生還不會追，真的是瞎了。」

不知不覺中，兩人又聊了半小時，榮興已經把車子整理好，從門外進來。

「雨心啊！晚上在這裡睡嗎？」榮興問。

「嗯！」雨心點頭看著榮興。

「那我去幫妳準備房間，妳們聊。」

「謝謝姊夫。」雨心大聲的答，榮興已走向樓梯。

「姊，妳好幸福喔！姊夫又帥又體貼，我好羨慕。」

「榮興確實是個很棒的男人，好男人該具備的都有。」

榮興將其中一個房間整理乾淨，床頭櫃是咖啡色的，旁邊的小置物櫃上，放了一個星星造型的天藍色鬧鐘，粉紅色的枕頭，上面是 Hello Kitty 的花樣，床單也是粉紅色的，一樣的花樣，五尺寬的彈簧床上還有一顆天藍色的抱枕，也是 Hello Kitty 的花樣，榮興看著衣櫃旁的龍貓與女孩的海報，眼淚忽然流下，腦海裡浮現了傷心往事……

　　那是去年的事了，五歲大的女兒張曉琦，高高興興的搭上幼稚園的車，還對著自己揮手說再見，沒想到才半小時，就接到幼稚園通知，說被失控的紅色法拉利撞上，死了三個小朋友，其中一個就是榮興的女兒。

　　「在哪裡？」榮興著急地問。

　　「就在幼稚園附近。」電話那頭，是幼稚園院長。

　　「怎麼會這樣？」

　　「我也不知道？我只聽到一聲巨響，當我跑出去的時候，車子已經被撞爛了。」

　　「我現在過去。」

　　「你要有心理準備，曉琦的樣子，已經不是你能認出來的。」

　　「我知道了。」榮興放下電話，強忍悲傷，載著秋雲，一起到附近的幼稚園。

　　滿地的紅色碎片，夾雜著玻璃，法拉利的駕駛當場死亡，上半身已經不見，所以還沒有處理他的屍體，幼稚園的娃娃車三輪朝天，因為另一個輪胎已經被撞飛到百公尺外，滿地的血

跡，三具小小的屍體被白布蓋著放在一旁，警察封鎖了現場，榮興跟秋雲只能從遠處走到娃娃車旁。

「你們是家屬嗎？」警察問。

「是的。」

「我勸你們別看。」

「生要見人，死要見屍。」榮興紅著眼說。

「兒子還是女兒？」

「女兒。」

於是警察比著右邊那具屍體，沒有說什麼，榮興蹲下去翻開白布，立即將白布蓋了回去。

「榮興，是曉琦嗎？」秋雲著急地問。

榮興沒有回答，抱著秋雲嚎啕大哭，秋雲雖然比較冷靜，也是哭到身體抽搐……

想起了傷心往事，榮興爬上陽台，拿著一瓶威士忌猛灌，看著手機上的照片，那曾經是父女倆人歡樂的時光，但永遠也不會再有了。

三：窺視壯漢

「起來啦！」秋雲看著床上的榮興，他還睡眼惺忪。

「頭好痛。」榮興按著自己的頭。

「昨晚怎麼了？怎麼會跑到頂樓喝酒？」

「看到龍貓海報，我又想起曉琦了。」

「原來如此，還好現在是夏天，如果是冬天，你可能已經凍死了。」

「怎麼說？」

「我跟雨心聊到凌晨三點，本以為你已經睡了，沒想到你醉倒在頂樓，我們兩個女人，好不容易才把你抬到床上。」

「對不起，我以後不會再犯了。」

「對了，你的機車先借雨心騎，沒有意見吧？」

「沒問題，不過，我必須先去換電池跟輪胎。」

「今天是星期天，明天我請機車行老闆過來換吧！」

「也好，我明天要開會。」

「把頭髮整理一下吧！我去幫你做早餐。」

「姊夫早。」餐桌上，雨心沒化妝，也沒戴隱形眼鏡，卻戴著黑框眼鏡，跟昨晚的樣子有些不同。

「早，昨天晚上真的很抱歉，我是不是很重？」

「還好啦！我們只花了半小時，就把你抬上床。」

「這麼久？」

餐桌上，每個人的盤子裡都是兩個水煮蛋，還有一點鹽、一片烤土司、一杯鮮乳，秋雲正在為榮興抹上草莓果醬，榮興則體貼的幫秋雲剝蛋殼。

「雨心，要花生醬還是草莓醬？」秋雲問。

「草莓醬就好。」

「對了，妳什麼都沒帶，打算怎麼辦？」秋雲問。

「等等去買啊！反正那些舊衣服都快不行了。」

「要不要陪妳去？」

「不用了，簡單買幾件就好了。」

「那怎麼行，我叫妳姊夫開車一起去好了，榮興，可以嗎？」

「當然可以啊！今天星期天，沒安排出去玩，時間多的是，想買多久都行。」

「那就謝謝姊夫了。」

「妳又客氣了。」

「這是禮貌，爸爸說做人一定要這樣，別人才會尊重你。」

「說到岳父，已經半年不見，他還好嗎？」榮興問。

「自從媽走了之後，他就悶悶不樂，怎麼勸都沒用，不是喝酒就是跑到龜山步道上大吼大叫。」

「這麼多年了，還看不開。」秋雲說。

「爸太愛媽了，這輩子，他只有媽一個女人。」

「可是，都已經十五年了，他打算這樣消沉下去嗎？」

「隨他去吧！反正已經癌末了，是肝癌。」

「什麼時候的事？」

「我也是前天才知道的，他有意瞞著我們，我回家整理衣服，剛好接到醫院的電話，我才知道的。」

「榮興，下個星期陪我回車城，我想多陪陪爸。」

「好，應該的。」

　　花了一整天的時間買衣服、個人用品，雨心在房間裡整理那些東西，秋雲正在浴室洗澡，榮興則在客廳的跑步機上運動，並一面看著電視上播出的電影：《美國隊長》。即使他已經看過很多次了，他還是很喜歡看。

　　雨心整理好一切，到廚房倒了一杯水，想到客廳坐著喝，卻聽到跑步機傳來的聲音，她好奇地慢慢走向客廳，不過沒有走進去，只是探頭看著榮興。雨心在想：姊夫好壯喔！而且好帥！

　　走道上的雨心，心臟竟然撲通撲通的跳著，她喜歡上姊夫了，事實上，除了身材與外表，她更喜歡榮興的細心、體貼，可是，他是姊夫，該怎麼辦呢？這下她慌了，手中的杯子竟然掉到地上摔破了，榮興停止跑步，走到雨心身旁關心。

　　「妳先過去客廳看電視，我來掃就好。」榮興說。

「我打破的，我自己掃。」雨心說。

「妳不知道吸塵器跟掃把放哪裡啊！」

「喔！那就麻煩姊夫了，對不起。」

「人沒事就好。」

　　榮興低頭在處理玻璃碎片的時候，雨心再度看著榮興，她的心跳得更快了，她開始不知所措。這樣的好男人，要去哪裡找？可是，他已經結婚了，而且是姊夫，不可以，我不可以愛上他。

「怎麼了？這麼晚還在吸地板。」秋雲穿著睡衣問。

「雨心打破杯子，別責備她。」

「有沒有怎樣？」

「沒有，妳要不要過去陪她聊聊？」

「我累了，你也早點睡，明天還要上班。」

「好，我拖完地板就去睡。」

　　秋雲真的累了，沒跟雨心說聲晚安就到臥室躺下。

「雨心，弄好了，我該去睡了。」

「姊夫晚安。」

「晚安。」

雨心看著榮興的背影，癡癡地坐在沙發上，不知該怎麼辦？也不知道過了多久？腦海裡全是榮興，不知不覺中，她睡著了，當她醒來的時候，牆上的時鐘已經是凌晨兩點四十三分，她小心翼翼地回到房間，躺下後卻怎麼樣都睡不著了，因為榮興已經完全占據她的芳心。

四：試探底線

徹夜難眠的雨心，再也無法抵抗思念的浪潮，一波又一波的衝擊她的心，她無助的躺在床上翻來覆去，卻怎樣都擺脫不了榮興，他的外貌、身材、談吐、細心、體貼都歷歷在目，但此刻的榮興，卻跟自己的親姊姊同房，一想到這裡，雨心徹底崩潰了，她起身看著鏡中的自己，認為自己也可以得到榮興的愛，於是，她開始了一連串的小聰明。

　　早餐的時候，雨心對榮興展開連串的試探。

　　「姊夫，可以幫我移動一下家具嗎？我的力氣太小，搬不動。」

　　「好啊！等我下班，到時記得提醒我。」

　　「妳想怎麼移？」秋雲問。

　　「現在床頭靠窗，半夜風太大，害我睡不著，可以的話，床頭離窗戶遠一點。」雨心說。

　　「那還真的沒辦法，實木的衣櫃也要移動，就等晚上吧！」秋雲本想幫妹妹一起搬，不過力量也不夠。

　　榮興上班後，兩姊妹坐在客廳聊天。

　　「姊，妳打算回去車城幾天？」

　　「至少一個星期吧！」

　　「可是，姊夫不是要上班？」

　　「他陪我回去，然後隔一周或兩周再到車城載我。」

　　「也好，妳是該回去陪爸了。」

「沒想到，他就快離開我們了。」

「醫院說，最多只能再撐半年到八個月左右，可是，爸一直借酒澆愁，可能隨時會走。」

「所以我才決定星期五晚上就出發。」

「可是，到的時候已經十一點多，爸可能已經睡了。」

「我們可以住在林邊，一大早再回車城，這樣榮興也不必連續開四個小時的車。」

「這樣也是可以。」

「衣服洗好了，我去晾。」洗衣機傳來嗶嗶聲。

「我也去。」

「等等妳不要出去，我會請機車行老闆過來，然後我會去菜市場買菜。」兩人一邊晾衣服，一邊聊著。

「好。」

「如果下雨，記得收衣服。」

「那沒什麼問題。」

秋雲出門後，雨心一個人坐在沙發上，拿起相簿，一張張仔細地看，從秋雲小時的照片到現在的都有，但其中一張，卻讓她心生嫉妒，那是榮興抱著秋雲，在海邊歡笑的照片，兩人非常親密，雨心恨不得被抱著的人是自己，而不是姊姊。為什麼不是我？為什麼不是我？為什麼不是我？雨心的內心正翻騰著，一張照片，竟點燃了她想要得到榮興的慾望。就在此時，機車行老闆來了，暫時打斷她的思緒。

「這樣吧！機車我騎回去整理，晚上妳再過來騎。」

「有地址嗎？」

「就在前面路口右轉，然後走一百公尺就到了。」

「好，麻煩你了。」

送走了機車行老闆，雨心再度回到客廳，打開電視，轉到電影台後，金城武演的《喜歡妳》剛剛開始，雨心便將自己融入劇情，幻想自己是女主角。確實，雨心的外貌跟周冬雨有些相似，而榮興，也有幾分像金城武，所以，雨心會這樣幻想也不無道理。

　　榮興下班後，換了破舊的衣褲，進到雨心的房間。

　　「雨心，床頭櫃要在哪裡？」

　　「姊夫，放這裡好了。」

　　「好，妳去拿吸塵器，等等要用。」

　　「嗯！」

　　於是榮興開始移動那些家具，而雨心拿著吸塵器，悄悄地看著他，直到他把床移好。

　　「謝謝姊夫。」

　　「先把那邊吸一吸，然後我再搬衣櫃。」

　　「我來。」

　　榮興又看著那張龍貓的海報，思念著女兒。即使雨心已經關掉吸塵器，走到他身邊。

　　「姊夫～姊夫～姊夫～」但榮興沒反應。

　　「姊夫～」雨心抓起榮興的手繼續喊著。

　　「吸好了嗎？」榮興終於回到現實，卻沒意識到倆人的手是十指緊扣……他一個轉身，雨心被甩到剛鋪好床單的床上，

榮興愣了一下，趕緊過去關心，一個不小心，跌到在雨心的身上，兩個人的臉幾乎沒有距離，彼此都聽得到對方的呼吸，然後榮興快速的站起來。

「有沒有壓傷妳？」

「沒事。」

「真的沒事？」

「嗯！」雨心坐在床上，她的腦袋還在想著剛剛差點接吻那一幕，於是不自覺的微笑。

「還要搬什麼嗎？」

「不用了，其他的我自己來。」

接下來的幾天，雨心總會有意無意的靠近榮興，但榮興總以為那只是巧合，並不認為雨心是在找藉口靠近自己，但他終究不是個木頭，只不過還沒確認雨心的真正意圖而已。

五：製造機會

「姊夫，機車發不動，你可以過來接我嗎？」雨心撥出電話。

「地址給我。」

「好，我已經傳給你了。」

「等會見。」

事實上，機車沒有壞，雨心只不過把車騎到機車行，然後要求換機油，說第二天才會取車。她則走了一小段路，到一家有停車場的咖啡廳，坐在靠窗的位置等待榮興。她點了一杯熱拿鐵，手裡拿著一本雜誌在翻閱。

「姊夫，你來了。」大約三十分鐘後。

「機車呢？」

「我推到機車行了，老闆說明天才能修好。」

「原來是這樣。」

「要不要喝杯咖啡？姊姊說你喜歡曼特寧。」

「既然來了，就喝看看吧！」

兩人面對面聊了一會，雖然只是一般的話題，但雨心目不轉睛地看著榮興，他有些不自在，於是想離開咖啡廳。

「時間不早了，再不回去，妳姊姊會打電話來問的。」

「聽說這家咖啡廳的簡餐也很好吃，乾脆我們在這裡吃晚餐，好嗎？」

「秋雲應該已經把晚餐準備好了，我們走吧！」

「好吧！」

回程的時候，正是交通顛峰時間，走走停停，榮興必須全神貫注的開車，沒注意到雨心一直看著他，並微笑著。

「姊夫啊！你怎麼都不說話？」

「車很多，我還是專心開車比較安全。」

「喔！」雨心就這樣看著榮興直到下車。

這晚，雨心洗完澡，只穿著睡衣，頭髮還濕淋淋地，從浴室走回自己的臥室，恰巧榮興又望著那張龍貓海報，雨心見機

不可失，在門後故意將睡衣放鬆一些，身材凹凸有致的她，露出了一點點的胸部才出聲。

「姊夫，有什麼事嗎？」

「沒有，只是又想起曉琦。」

「難道你們不想再生一個小孩？」

「我不知道！秋雲的身體不是很好。」

「我擦頭髮，你繼續說。」雨心拿起大毛巾，開始用雙手擦乾水分，晃動的雙峰就在榮興眼前，他沒有移開視線，看了約半分鐘，直到雨心把大毛巾掛起來。

「我跟秋雲討論過，可是她心中的陰影比我重，所以就這樣拖到現在。」

「等等再聊了，我要吹頭髮。」

「我該睡了，晚安。」

「晚安。」

看過雨心的身材後，榮興其實起了生理反應，所以他趕快逃跑，榮興的心情開始起伏。怎麼會這樣？是我太久沒做愛了

嗎？雨心到底是怎麼想的？她為什麼要勾引我？或者，她只是一時沒注意而已，不，太明顯了，她就是勾引我。

「怎麼了？你怎麼在冒冷汗。」臥室裡，秋雲問。

「沒什麼！睡吧！」

秋雲沒看錯，只不過不知道原因，但她不想追問下去，因為榮興的個性就是如此，他不想說的事，別人永遠得不到答案，久而久之，秋雲也習慣了。

餐桌上，雨心穿著白色爆乳裝跟緊身牛仔褲，故意提醒榮興昨晚的事，不過秋雲並不知情，今天的早餐是炒蛋、德式香腸、黑咖啡。

「穿這麼辣是要去約會嗎？」秋雲問。

「我想去百貨公司逛逛，再來要開始上班了，都不知道什麼時候才有空逛街，姊，要一起去嗎？」

「好啊！想去哪一家？」

「新光三越好了，隔壁還有大遠百，順便看看歌劇院到底是什麼樣子。」

「這樣要花半天耶！」

「不然呢？」

「也對，等妳開始上班，可能就沒體力逛了。」

「秋雲，妳就陪她去吧！」榮興插話，但眼睛卻盯著雨心的胸部。

六：魂不守舍

榮興上班之後，開始心不在焉，腦海中不時浮現雨心擦頭髮時，胸部上下晃動的畫面，又出現自己壓在她身上的畫面，還有今天早餐的畫面。

「榮興！張榮興！」同事大叫他的名字。

「什麼事？」他轉頭望著同事。

「你的圖畫好了沒有？今天中午前要交給製造部的。」

「什麼圖？」

「剛剛開會不是告訴你了？」

「喔！還沒好。」榮興愣了一下才想起是什麼。

「只剩半小時了。」

「我趕一下。」

「整個早上都在發呆，什麼事讓你魂都飛了？」

「沒事，馬上就好。」

「快一點啊！製造部已經在催了。」

「知道了。」

「真是的，以前不會這樣的啊！」同事嘀咕的抱怨著。

雨心的狀況也差不多，坐在客廳的沙發上，電視開著卻沒在看，也沒注意到秋雲已經坐在她身旁，整個早上都在想著關於榮興的一切。

「在發什麼呆？」秋雲問道，不過雨心沒回應。

「雨心～」秋雲拉高了音量。

「姊，什麼事？」

「在想什麼？妳已經發呆半天了。」

「真的嗎？」

「當然是真的。」

「沒什麼！對了，我們不是說好要去百貨公司的。」

「還敢說，都已經十二點半了，吃完飯再去吧！」

雖然是逛街，但雨心只要看到男人的用品，就會停下腳步，幻想著榮興正穿著、用著，一旁的秋雲摸不著頭緒，只好拍拍雨心的肩膀。

「雨心，在看什麼？不逛了嗎？」

「西裝很漂亮。」

「妳是女人，看什麼西裝啊？」

「沒事，就是看了金城武的電影《喜歡你》，他在劇中就是西裝筆挺，很帥很有男人味啊！」

「我才不信，一定有別的原因。」

「怎麼這樣說人家啊？」

「因為妳已經盯著那套西裝好幾分鐘了。」

「有那麼久了？」

「難道我會騙妳。」

雨心知道再這樣下去不是辦法，所以就忍住不再看男人的用品，開始找一些自己用得上的，以免被秋雲發現自己的心思。

雖然榮興順利完成早上的工作，可是下午他又開始魂不守舍了，這時的他更離譜了，癡癡地望著手機裡的照片，那是幾天前他在客廳裡幫兩姊妹拍的，一個是妻子，另一個卻是剛剛讓他心動的女人，他把照片放大，只顯示出雨心的臉，此時，他再度想起兩人身體交疊的畫面，雨心呼吸的聲音及吐氣的味道是那麼地強烈，彷彿時光倒轉，畫面重演。

隨意逛完百貨公司的雨心，也不去歌劇院了，她臨時改變主意，要秋雲先回家。

「姊，妳先回家吧！我要去看機車修好了沒有？」

「也好，我有點累了，騎車要小心。」

「知道了！」

雨心騎著機車，到了一家女性內衣專賣店，挑了幾套半透明的內衣褲，心裡盤算著，何時才能用到……

『榮興，我好喜歡你。』

『我也好喜歡妳，雨心。』

『那你還在等什麼？』

『我怕妳會後悔。』

『後悔什麼？』

『你別忘了，我是你的姊夫。』

『別說了。』

雨心一頭栽進榮興的懷裡，兩人開始擁抱、親吻。

但這些只不過是她的幻想，並不是真的。

七：裂　痕

星期五的晚上，剛吃完晚餐，秋雲提出了讓榮興非常不高興的要求，於是倆人之間的關係產生了小小的裂痕。

「榮興，等等就出發回車城好嗎？」

「可是我今天好累，工作很多，可以明天一早再走嗎？」

「明天是假日，南下恐怕會大塞車。」

「那就早上六點出發啊！我現在的精神狀況真的不好。」

「那麼早出發，你爬得起來嗎？」

「我可以睡到五點四十，二十分鐘夠我準備了。」

「可是我想要今晚就見到我爸。」

「我的精神真的不好，難道妳就不怕我開到睡著。」

「喝杯咖啡就撐過去啦！」

「不行，我現在就去洗澡，一大早再出發。」

「可是，你之前已經答應我，星期五晚上出發的。」

「那是因為當時工作量比較少，今天公司來了一批新樣本，我忙了一天，真的累了。」榮興說完便拿起準備好的衣物，走向浴室。

「張榮興。」秋雲已經好幾年沒有大聲直呼他的全名了，但他沒有回頭也沒有回應。

「張榮興，你敢不理我，晚上別進房睡了。」

　　只見榮興背對著她，右手比著 OK 的姿勢，繼續走向浴室。

　　氣死我了，你竟敢不聽我的，我絕不會原諒你的，我現在就把房門反鎖。

　　秋雲把榮興的枕頭、涼被放在椅子上，並把它們放在臥室的門旁邊，看樣子，她真的生氣了。

　　不過，浴室裡的榮興更生氣，因為他真的累了，洗完澡，便拎著枕頭跟涼被往客廳走去，躺在沙發上，沒多久就睡著了。當雨心回來時，已經晚上九點多，她見榮興睡沙發，十分不捨，但又不能讓他跟自己睡，於是坐在一旁的單人沙發上，癡癡的望著他，不知不覺中眼皮越來越重，她開始打瞌睡，醒來的時候是凌晨一點三十五分。

　　「姊夫，你也醒了。」雨心說。

　　「是啊！不知道是哪一戶，救護車就在外面。」

　　「要出去關心嗎？」

　　「不用了，我想繼續睡，一大早還要開車。」

「這樣好了，你去睡我房間，我睡客廳，反正我明天可以睡一整天。

「這樣好嗎？」

「沒關係啦！反正我沒有跟你們一起回去。」

「妳不回去？」

「這次來，就是因為跟我爸吵架，所以才會什麼都沒帶。」

「好吧！既然如此，我就先去睡了，回來再跟妳聊。」

「晚安。」

「晚安。」

　　榮興躺在雨心的床上，很快就入夢了，而且他睡得很沉，所以五點左右就醒了，他想起雨心還在客廳，於是過去關心，雨心蜷縮成一團，榮興將掉在地上的涼被蓋上，然後才去刷牙洗臉，但雨心其實沒睡著，她聽到榮興的腳步聲，故意試探榮興是否關心她，雨心得到滿意的結果，躺在沙發上竊笑，此刻的她，更想跟榮興在一起了。

榮興敲著臥室的房門，不過秋雲一直沒有應門，他只好去拿備用鑰匙開門。

「秋雲，起床了。」但秋雲還在賴床。

「快起來了，沒睡飽的話，車上再睡。」不過秋雲依舊沒有反應。榮興只好開始搖她的身體。

「別搖了，我還要睡。」秋雲閉著眼小聲回答。

「妳再不起來，等等會塞車喔！」

「塞就塞，再睡一會。」

「真拿妳沒辦法！再給妳半小時。」

榮興自己到廚房，煎了德式香腸、玉米炒蛋、紅酒洋蔥牛柳，泡好三杯黑咖啡，然後叫醒雨心，再把秋雲吵醒。

八：衝破防線

慢了將近一小時起床的秋雲，還有點不高興，只不過她必須靠榮興載她回車城，也只好忍耐。

「我好了，可以出發了。」秋雲說。

「雨心，麻煩妳幫我們看家了。」榮興看著雨心。

「沒問題，你們快出發吧！再晚會塞車。」雨心說。

「那我們走了，再見。」秋雲說。

「等等我會開比較快，盡量別說話，可以嗎？」上高速公路前，榮興說。

「我還有點想睡，到台南時記得叫我，我需要上廁所。」

「沒問題，到台南時，我也需要休息一下。」

過了彰化之後，從國道一號轉到國道三號南下，其實車並不多，習慣開快車的榮興，加快了車速，才四十多分鐘就到台南東山服務區。

「秋雲，台南到了。」榮興搖醒她。

「好，我很快就回來。」

「慢慢來，我也要去。」

上車之後，秋雲又陷入昏睡，因為她昨晚太生氣，根本沒什麼睡，直到天快亮才睡了一會，接著就被吵醒。當她再度醒

來的時候，已經到了屏東枋山，榮興刻意放慢車速，一邊開車一邊欣賞海景，然後在 7-11 海豚灣門市停車。

「到了嗎？」秋雲問。

「快到了，我去廁所。」

兩人回到秋雲老家，秋雲的父親骨瘦如柴，精神狀況並不好，兩人希望載他到台中住，不過他千百個不願意，秋雲只好留下來照顧父親，需要上班的榮興只住了一晚，便匆匆趕回台中，但這也是不得已。

「這裡有十萬現金，不夠的話，戶頭裡還有一百多萬，夠妳應付一切的狀況了。」榮興遞了一個信封給秋雲。

「小心開車。」秋雲跟父親在家門口跟榮興揮手道別。

回到台中的榮興，已經是下午三點，他有點疲憊，畢竟是長途開車，他開門後直接走到床上，倒頭就睡。

「姊夫，你醒了啊！」晚上七點多，榮興走到客廳，見到雨心穿著上次的睡衣，他忽然清醒了。

「吃飯了沒？」

「吃過了，要不要幫你買？」

「麻煩妳幫我叫一份肯德基炸雞餐好了。」

「外送嗎？」

「是的，妳要不要吃？」

「我吃個蛋塔就好了。」

訂餐完畢，雨心直接坐在榮興的大腿上，她發現榮興沒有逃開，於是將臉靠近榮興，就像那天在床上那麼近，兩人很有默契地開始擁抱對方，然後親吻，脫光對方衣物，發生了該發生的事：做愛。當他們把衣服穿好時，外送到了。

「什麼都別說，趁熱吃。」雨心說。

「好。」

吃飽後，雨心依偎在榮興懷裡，兩人不發一語，看著電視裡金城武跟周冬雨演的《喜歡你》，兩個人吃完河豚後，產生幻覺那一段。

「好看嗎？」電影演完，雨心問。

「好看，男的有點像我，女的有點像妳，對嗎？」

「你怎麼知道的？」

「妳猜。」

「不猜，你選林志玲的話，就不能選周冬雨，如果你選姊姊的話，就不能選我，雖然你先跟姊姊在一起。」

「我不知道！我們現在的狀態很奇怪，還沒談戀愛，也還沒約會，就已經發生肉體關係。」

「這樣不好嗎？剛剛你很投入，很久沒做愛了，對吧！」

「可是我們之間，還有妳的姊姊，她是我的妻子。」

「我不管，既然她不珍惜你，那我就代替她跟你親熱。」

「萬一被秋雲發現我們的關係時，妳會怎麼辦？」

「我也不知道！我已經無法停止想你了，就像剛剛的電影，我已經無法克制自己。」

「我也是。」

「真的嗎？」

　　話才說完，兩人又繼續翻雲覆雨，不過，是在雨心的房間裡，這晚，兩人抱在一起睡，直到天亮。

九：內心交戰

　　由於秋雲身在屏東車城，因此雨心肆無忌憚的對榮興展開柔情攻勢，早餐、晚餐、洗衣、掃地，幾乎所有家事全包了，當然，也讓榮興夜夜跟她一起睡，這段日子，她完全取代了秋雲，一個月的時間很快就過去了，電話那頭，傳來了惡耗，雨心的父親走了，這也代表兩人的甜蜜時光要中斷了，但雨心絲毫的悲傷都沒有，因為那是父親自己的選擇。

　　「雨心，爸剛剛走了，幫我通知榮興，問他後事該怎麼辦？」

　　「我知道了。」

　　「榮興，我爸走了，姊姊問你，後事應該如何處理？」一家高級牛排館的其中一桌，兩人正在用餐。

　　「妳們在當地的親戚多不多？」

「完全沒有，我爸媽當初是因為跑路，所以才躲在車城，所以，我們倆人根本不知道有哪些親戚。」

「難怪當初婚宴只有幾個來賓，而且那些人現在應該都很老了。」

「他有兄弟姊妹嗎？」

「應該有一個妹妹，可是他們從不見面，聽姊姊說，是我爸跟她借了很多錢，卻還不出來。」

「這樣吧！把他的骨灰放在台中的寶覺寺，這樣要祭拜也比較方便。」

「我想把他葬在我的母親旁邊。」

「是土葬嗎？」

「對！就在車城。」

「也可以。」

「先吃吧！涼了就不好吃了。」

當榮興再度到車城，秋雲跟雨心同時出現在眼前，而且是在出殯的場合，看著岳父下葬，他忽然間打了個寒顫，他彷彿

收到某種訊息，接著開始內心交戰，他知道不該如此下去，但又該如何呢？心亂如麻的他，便在葬禮後獨自走上龜山步道，由於旁邊都沒人，所以他便大吼了幾聲，他真的亂了，不知所措的榮興，抱著頭坐在那裡，直到秋雲打電話找他，那已經是幾個小時後的事了。

「你沒事吧？人在那裡？」

「沒事，在龜山步道散心。」

「別太晚回來，我有事跟你商量。」

「好，我現在回去。」

「要商量什麼？」秋雲家裡，榮興問。

「爸的遺產，我想讓雨心全部繼承。」

「沒問題啊！我們現在過得很好，雨心剛出社會不久，幾乎沒有存款，讓她繼承是應該的。」

「雨心，妳覺得呢？」秋雲問。

「我沒意見，妳是姊姊，妳決定就好。」

「那我明天聯絡郭律師，請他處理就好。」榮興說。

　　觸景傷情的雨心，想起小時後的辛苦度日，八歲那年，母親就大病小病不斷，十歲那年，母親就走了，最疼愛她的母親，當時就躺在眼前的床上，沒想到轉眼間已經十五年，自己也從小女孩變成女人了。

　　回台中的路上，雨心坐在後面，看著姊姊跟姊夫，她也開始內心交戰。該把榮興搶到手？還是成全姊姊？萬一姊夫變成丈夫，那麼親生姊姊會變成仇人？路人？又或者她會失控殺了自己或是榮興呢？可是，成全了姊姊，我要傷心多久呢？榮興又是什麼想法呢？

　　接下來的幾天，是雨心痛苦的一百多小時，她無法獲得榮興的關愛，更不可能纏綿，她必須加班，又或者榮興加班，兩人都拖著疲憊的身軀回到家，無法安慰彼此，甚至連私下說句話的機會都沒有。怎麼辦？再這樣下去我一定會瘋掉，什麼時候才能再跟榮興單獨相處？又或者以後都沒機會了？一想到這裡，雨心慌了，她鎚打著自己的頭，怎樣也想不出兩全其美的辦法，因為沒有這個選項，當她選擇了姊夫變成情人，就意

味著一定有人必須傷心退出，甚至家破人亡，而她自己退出，傷害會是最小的，除非姊姊願意跟她共事一夫，但這幾乎不可能發生，她太了解秋雲了。

十：情不自禁

但痛苦的可不只雨心一人，榮興會失守防線，並不完全是他的錯，秋雲這兩年的改變，也是造成這次事件的原因，甚至可以說是主因。兩年前，秋雲看了不少談話性節目，開始用裡面的方式試探榮興是否愛她，於是榮興開始天天洗碗、掃地、洗衣服，有時還買菜，但問題是榮興上班也很辛苦，而秋雲沒有工作，卻連家事也不做，客廳的茶几經常亂七八糟，但秋雲仍躺在沙發上看電視，雖然榮興沒說出口，但心裡卻非常不高興，有時明明很累了，卻還必須載她出去跟閨蜜們聚會，該在車上等？還是回家等都很尷尬，因為她們常常一聊就是五個小時。最讓他不高興的，是女兒死後，秋雲忽然控制了所有的薪水，連加油的錢都給的不夠，有一次，跟老同學見面喝咖啡，雖然只有幾百元，卻掏不出錢付帳，讓他顏面盡失，被同學笑

了半天，淪為同學間的笑柄，雖然因為這件事，榮興拿回了經濟主導權，但也是因為秋雲太敗家，太愛亂買東西，買了一大堆用不到的，這一切，榮興雖然都不說，但兩個人之間的裂痕就越來越大，雨心這次能夠成功闖入他的心房，秋雲的這些行為占了非常大的因素。

雨心終於還是熬不過想要跟榮興纏綿的慾望，她趁著早餐時間小小的空檔，約了榮興。

「下班後，到公園載我。」

「該怎麼跟妳姊姊講？」

「說加班就好啦！」

「好吧！」

就這樣，兩人藉口加班、跟同學聚會，接著就什麼理由都編，目的只有一個：偷情。時間一晃就是幾個月過去，這段期間，秋雲的心情低落，還在喪父的陰影中，不願跟榮興做愛，也不太願意說話，結果就是把榮興推向雨心。

　　汽車旅館的其中一個房間裡，兩人非常有默契的擁抱、親吻，甚至模仿電視中的 A 片情節與動作，而做愛完之後，榮興也會繼續擁抱著雨心。

　　「很晚了，我們回去吧！」榮興說。

　　「嗯！你先回去，我要去逢甲買點東西。」

　　「也好。」

　　兩人非常有默契的，不同時間回到家，就是不讓秋雲懷疑，他們就這樣，三至五天就偷情一次，時間一晃又是幾個月過了。由於雨心不要求名分，也不要錢，所以兩人的關係得以一直延續下去，情場得意的她，職場也得意。因為學的是相關科系畢業，又是碩士，所以她很快就離開生產線，被調到設計部門，並且被重用，此時的雨心收入變高，她就更不會想要榮興的錢了，她要的，只是榮興的愛與關懷。

　　「今天是我生日，晚上陪我吃燭光晚餐。」雨心說。

　　「想去哪裡吃？」

　　「我會安排，你到老地方載我就可以。」

「好，下班見。」

「怎樣？這裡氣氛不錯吧！」雨心說。

「確實很棒，不過價格也很高。」

「又不是天天吃，也沒要你付錢。」

「妳現在收入變高了，應該要存一些起來啊！」

「放心，我沒什麼開銷，存錢有什麼困難。」

「生日快樂！」榮興忽然從包包裡拿出一條白金項鍊，墜子的是藍色的拓帕石，大約有三十克拉重的長方型主石，祖母綠式的切割，旁邊還鑲了數十顆小鑽石，榮興體貼的為雨心戴上。

「謝謝！好漂亮，讓你破費了。」雨心拿起墜子在眼前仔細看了一會。

「妳喜歡比較重要。」

「怎麼會想要送我這個？」

「妳忘了嗎？有一次，妳在珠寶店外的櫥窗看了好久，應該就是這一個墜子，對吧！」

「那時我剛來台中不久，還沒錢買，沒想到你還記得。」

十一：精神折磨

就像大部分的危險關係一樣，只要有任何風吹草動，都可能改變彼此的關係，或是某人的想法、心情。這晚，秋雲忽然主動吻了榮興，並脫去他的上衣。

「我想通了，我們再生一個小孩，好嗎？」秋雲問。

「當然好。」

於是兩人開始做愛，或許是太久沒做了，秋雲的叫聲非常大，恰巧從房間前面經過的雨心，聽了很不是滋味，她只能憤怒的到客廳，坐在沙發上，一個人生悶氣。

為什麼？為什麼她會叫這麼大聲？難道榮興跟她做的時候特別賣力？不是很久沒做了嗎？為什麼是今晚？還被我聽到，為什麼？

此刻，千百個為什麼？在雨心的腦海裡翻騰、肆虐，她的內心非常痛苦，也開始後悔。

　　為什麼？我為什麼會愛上榮興？他為什麼會接受我？為什麼可以接受這樣的關係？為什麼讓我在錯的時間遇上對的人？為什麼不能讓我在對的時間遇上榮興？

　　現實就是這麼殘酷，命運就是這麼愛捉弄人，明明相愛的兩個人，卻不能在一起，因為榮興已經結婚了，如果他的另一半是別人，雨心恐怕早已攤牌，跟元配開戰，但她不可以這麼做，因為那是最愛她的姊姊，自從母親去世，姊姊就像母親一樣照顧她，所以她不能開戰。

　　經過這次事件，雨心不再約榮興偷情，除非他主動，於是兩人偷情次數變少了，不過，卻仍然有變數，因為秋雲懷孕了，這顆震撼彈，在家裡會怎樣引爆呢？

　　「榮興，我懷孕了。」

　　「真的嗎？」榮興喜悅的表情讓雨心非常不悅。

　　「恭喜姊夫。」她心不甘情不願的說出口，然後進房。

　　當天晚上，雨心再度到老地方等待榮興，他們的目標還是汽車旅館，上車後，兩人開始交談。

　　「妳早上的表現太激烈了，秋雲覺得妳怪怪的。」

　　「其實姊姊早就知道我們兩個有問題，她沒告訴你而已。」

　　「如果她知道，為什麼沒說？」

　　「她很愛你，所以，你做什麼都可以，只要你快樂就好。」

　　「可是，她也沒跟妳翻臉啊！」

　　「因為她也愛我，我是她唯一的親人，從小，她就像媽媽一般照顧我，她不說，也只是希望維持和諧的關係而已。」

　　「所以，妳打算怎麼做？」

　　「今天，是我們倆最後一次親熱，我要你全力以赴，使出渾身解數。」

　　「好，我不會讓妳失望的。」

　　汽車旅館的按摩浴缸裡，兩人在裡面親熱了許久，但不論他們之間的纏綿有多美妙，終究要分開。

　　「很晚了，該走了。」榮興看著手機上的時間說。

「我知道，你先走吧！我等等搭計程車就好。」

「好。」榮興起身穿好衣物，全身赤裸的雨心躺在床上，冷冷的看著榮興離去，她知道，他們的緣分將到此為止。

十二：放　手

「姊，我決定辭職，回車城。」客廳裡，雨心說。

「怎麼這麼突然？妳住哪裡，要靠什麼生活？」

「我不喜歡這個工作，太緊張，壓力太大。」

「可是，車城沒有工作可以找啊！」

「我存了點錢，把家改一改，就成了民宿，維持生活應該不成問題。」

「妳確定嗎？」秋雲看著雨心的雙眼，她已經知道雨心為什麼要離開，可是她不願點破，因為雨心已經做了最好的選擇，她成全了自己。

「嗯！」

「好，既然決定了，就要規劃好，錢不夠的話，我會幫妳。」

「不用了，姊姊，錢妳留著，養小孩很花錢的。」

雨心開始收拾行李，榮興悄悄來到房間門口，癡癡地望著這即將離去的情人，縱然有再多的不捨，也無法留住她。

「姊夫，你站在那裡不講話，是想嚇死人嗎？」

「沒有，我是來看妳的，有什麼需要幫忙的？」

「東西不多，我叫計程車就好。」

「以後，不能天天見面了，妳要好好照顧自己。」

「放心吧！我又不是小孩子。」雨心沒有看著榮興，繼續整理。

「保重。」榮興說完便離去。

「好好照顧姊姊跟小孩。」但榮興不知是否有聽到。

當榮興上班之後，姊妹倆道別的時刻來臨。

「對不起，給妳添了這麼多麻煩。」

「什麼都不用說了，我們三個人都有錯。」

「妳明明知道，為什麼悶不吭聲？」

「小孩出生後，我們會回老家看妳。」看樣子，秋雲並不打算回答。

「我走了，再見。」

「再見。」

拉著行李，雨心回頭望著秋雲，還有房子，這一切就像場夢，帶著些許的失落，她搭上計程車離開了。

搭上高鐵之後，雨心望著窗外的風景，回想當初來到台中的事，回想她跟榮興的一切，或許沒有得到最滿意的答案，但最起碼是最滿意的結局了，她沒想到秋雲這麼寬宏大量，竟然會原諒她犯的滔天大罪。

「什麼時候發現的？」

「你們吃早餐的時候，眉來眼去的，當我是瞎子嗎？」

「為什麼不揭穿？」

「我不希望家破人亡，妳是我唯一的親人，他是我唯一的愛人，揭穿了，就什麼都沒有了。」

「好，我退出，明天就走。」

「妳不後悔？」

「後悔什麼？妳已經做了最大的讓步，我不應該不識抬舉，一錯再錯。」

「以後，妳一定可以遇上真愛的。」

「姊，對不起。」

雨心想起跟姊姊的話，更加深了她回到車城發展的意念，她決定把民宿經營起來，等待那天，會有一個對的人，在對的時間出現。

（完）

國家圖書館出版品預行編目資料

不能愛的愛人／黃萱萱、鄭湯尼　合著. —初版.—

臺中市：天空數位圖書　2021.01

面：公分

ISBN：978-986-5575-13-7（平裝）

863.57　　　　　　　　　　　109021762

書　　　　　名：不能愛的愛人
發　行　人：蔡秀美
出　版　者：天空數位圖書有限公司
作　　　者：黃萱萱、鄭湯尼
編　　　審：亦臻有限公司
製 作 公 司：重啟有限公司
版 面 編 輯：採編組
美 工 設 計：設計組
出 版 日 期：2021 年 01 月（初版）
銀 行 名 稱：合作金庫銀行南台中分行
銀 行 帳 戶：天空數位圖書有限公司
銀 行 帳 號：006-1070717811498
郵 政 帳 戶：天空數位圖書有限公司
劃 撥 帳 號：22670142
定　　　價：新台幣 250 元整
電子書發明專利第　I　306564 號

※　如有缺頁、破損等請寄回更換

Family Sky

紙本書編輯印刷：
電子書編輯製作：
天空數位圖書公司　E-mail：familysky@familysky.com.tw　http://www.familysky.com.tw/
地址：40255台中市南區忠明南路787號30F國王大樓　Tel：04-22623893　Fax：04-22623863